Será la vida
que llama por tu nombre

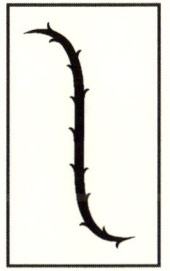

Será la vida que llama por tu nombre

© de esta edición, Espinas, 2025

© Isabel Cienfuegos, 2026

© diseño de cubierta: Jana Domínguez

© edición a cargo de Alicia de la Fuente

Impreso en España

ISBN: 979-13-990782-3-7

DEPÓSITO LEGAL: M-1333-2026

Será la vida
que llama por tu nombre

Isabel Cienfuegos

ESP NAS

Para entrar afuera es condición indispensable entrar adentro. Quizás oigas un murmullo extraño dentro de tu corazón, un murmullo de mil voces al unísono. Será la vida llamándote por tu nombre.

Si Kongtu, *Las veinticuatro categorías de la poesía*

A Lamberto y Andrés, los hombres de mi vida.

ÍNDICE

1
DISECCIÓN

Está muerta, le dices a tu hermano.

La lagartija, sin la cola que perdió al huir, sujeta en un corcho. Empeñas todo el día en desgarrar lo que creías piel y resultó coraza. Empujas, tratas de seccionar con diferentes instrumentos. Luchas sin rendirte. Al final, cede a las tijeras de manicura. Ya pagarás con tu madre ese uso bastardo.

En el oscuro amasijo que brota, logras encontrar el corazón.

2
CAMBIOS

Te admiten en medicina. Tu vida cambiará. Sujetas la notificación que lo confirma, es un triunfo. Corres como una lagartija hacia el pinar, borracha de alegría. Tumbada en la pinaza, miras pasar las nubes de septiembre. Se desvanecen como el colegio al que no volverás, como los tedios de la infancia, como los calcetines cortos y los caramelos.

Los caramelos, no. No hay edad para los caramelos.

Frente a ti, la ardilla de las dudas roe su piña amarga.

3
MATERIALES

Verde pinar. Nubes rosas y cielo azul. Bucles, princesitas en los márgenes del cuaderno. El ángel de la guarda. Vestidos de recortable. Disfraces y diademas. Alma y cuerpo enfrentados. Buena educación. Comportamiento para ser una mujer. Y los medios tacones que nunca te pusiste. Todo encerrado con llave en un lugar del laberinto.

Abres el libro de anatomía por la primera página.

4
TARDE DE ESTUDIO

Amebas. El interior del absceso que provocan tiene un aspecto similar a la pasta de anchoas. Las formas, antes móviles; deshechas, trituradas, vencidas por las defensas de lo vivo.

En vez de repugnancia, vuelve el hambre. Vas por enésima vez a la nevera. Encuentras la nocilla. Untas una tostada. Devoras la semejanza del marrón.

5
EPITELIO I

Ritos, ceremonias. El santo grial.

Células caliciformes. Las vesículas del interior vierten su ofrenda al alcanzar la superficie.

También el moco es sagrado.

6
IMPORTANCIA

Con su elegante cadena lateral de hidrocarburos flotando, el ciclopentanoperhidrofenantreno muestra su bioquímico apogeo en los apuntes. Las fórmulas sencillas se borran en la complejidad de su estructura.

Llámame simplemente colesterol, dice, guiñando el ojo.

7
ANATOMÍA I

Monte de Venus, estudias. Debajo está la llave (*Keis*) o la colina (*Kleitys*) de los placeres.

Te apuntas a una práctica de fisiología en solitario.

8
SIMILITUDES

Iréis a la sierra en grupo. Él delante, sin ver, sin haberse fijado nunca en ti. Te hipnotizan sus movimientos. No quieres que te deje atrás. Tu corazón se dispara y bombea sin freno. Para seguir el ritmo, bebes todo el oxígeno de la mañana, pero no es suficiente. Superas tu nivel metabólico.

Tenerle junto a ti es como subir una montaña. Y ni siquiera has dado el primer paso.

9
REMEDIO

Te largas y te largas. Cogida de la mano del chico con melena, tomas el primer tren a donde os lleve. No asistiréis a clase, no tomarás apuntes. Miras el verde de la primavera, los arroyos, las charcas donde crece el anopheles, vector del paludismo. Salís de la estación cogidos de la mano, los músculos del antebrazo vienen a tu memoria, saltas por los caminos pensando en el consumo de oxígeno. En la pastelería, todo el metabolismo de la glucosa cruza por tu cabeza.

Te han abducido en esa facultad. Estás endemoniada. Necesitas el sortilegio de un beso. Ser rescatada por la luz, que un abrazo te derribe en el césped, resucitar en la aventura.

10
ARGUMENTOS

Transcavidad de los epiplones, cascada de la fibrinolisis, síndrome del mirón inocente. Lugares anatómicos, reacciones, enfermedades que evocan paisajes, tramas; la gruta en una isla, amantes perseguidos y ocultos, un tesoro, ingenuos aborígenes, selvas y ríos desbordados.

Deja los cuentos y estudia de una vez.

11
CÓLERA

Microbiología. Ciencia de la vida minúscula. Vibrio cólera; una bacteria que entra en el examen.

Ahí está, alargado como todos los bacilos, con su colita vibradora, negativo para la tinción de Gram. Negativo para tantos seres. Millones cada año se deshidratan por la bestial diarrea que provoca su toxina. Un jueguecito mortal que hace salir el cloro de las células del intestino, que arrastra la sal, que arrastra el agua del paciente, hasta secarlo.

Todas las epidemias antes de descubrir al sinvergüenza. El bochorno de las que han venido después, sabiendo que un poco de cloro en el agua, para hacerla potable, acabaría con su poder letal. Un gasto mínimo, una mortalidad enorme. Te indignas. Grande y pequeño. La diferencia según se ubique el cloro.

Mareada, piensas en un café y vas a la cocina. Queda bastante noche por delante. Miras con gratitud enorme la botella de lejía, su minúsculo precio en el supermercado

12
TRANS

Todas las hormonas se parecen, felices con su núcleo perhidrofenantreno. Sin embargo, cada sexo es infeliz a su manera. A veces incluso a la manera del opuesto. ¿Opuesto? Pero si basta cambiar de sitio un par de átomos y algún enlace, sumergirnos en las nuevas sustancias y fluimos hacia quien también somos o pudiéramos ser o hemos sido siempre. La bioquímica, definitivamente, es QUEER.

13
A PLENO PULMÓN

Aire y sangre en la luz de los espacios abiertos. Respiración e intercambio.

Los alveolos.

O vosotros, en la cabaña y en la sierra, juntos por primera vez.

14
FISIOLOGÍA

La piel de las mucosas no es siempre una barrera. Os acercáis. Sus besos en tu boca y su boca en tus besos. Los besosboca, los besoscuerpo, los cuerpobesos. La piel, un órgano que nos contiene, arde. Se pierde el límite. Micuerponuestro y nuestrocuerpotuyo. Y más abajo la diferencia de sexos se funde en un órgano nuevo y diferente de placer.

15
FETICHE

No son las gomas que cuelgan, a manera de estola secular, alrededor de tu cuello lo que guarda la magia. Es el oído, si se adiestra, dice Laënnec. Guiña el ojo y agita la trompetilla de madera que inventó para no poner su oreja sobre el pecho pudibundo de las damas.

Oyes la sorna en su risa. Acaricias, orgullosa, tu fonendo recién comprado. Saludas al vejete polvoriento. Qué sabrá él.

16
EXPLORACIÓN I

Murmullos de la fuente. Soplos de viento al final del verano. En tus piernas desnudas, roce de los helechos. Despides al bosque con pasos que crepitan en la pinaza. Silbas para ahuyentar el miedo a los caminos en los que te adentras por primera vez.

Sibilancias, roces, murmullos, soplos y crepitaciones. Ahora son, para ti, los fundamentos de la auscultación pulmonar.

17
TERAPÉUTICA

La diferencia entre tóxico y medicamento es la cantidad.

Estás saturada. Llevas días de encierro. Dejas el libro, mareada de repasar, enferma de datos. Te largas de la biblioteca.

Corres una hora por las pistas de atletismo. Vas de tiendas. Te pruebas todo. Quedas con los amigos para unas copas. Bebes. A las dos de la madrugada te parece flotar, a las seis vomitas. ¿No sabes calcular las dosis? ¿No tienes remedio?

18
EXPLORACIÓN II

Debajo de tu mano, la piel. Más profundo, la grasa, las membranas, los músculos, el peritoneo, las vísceras que querrías palpar y no logras distinguir con tacto de principiante. Te preguntas si alguna vez serás capaz.

Como quien aprende a conducir, un día lo harás sin darte cuenta. Modesta victoria sobre males ocultos.

19
COTILLEO

Cocos. Solitarios, cuchicheando en grupos, en parejas o bailando la conga. Estafilos, meningos, neumos, gono o estrepto. Qué placer espiarlos desde tu microscopio.

20
HUESOS

Sales corriendo de tu primera autopsia. No tienes coherencia. Ayer disfrutabas estudiando los huesos. Lo que los osteoblastos construyen, los osteoclastos devoran. No, no lo devoran, lo remodelan para dar una forma adecuada. El calcio, luego, fija y endurece.

Te preguntas, llorando, si encontrarás alguna vez la sustancia que te dé consistencia.

21
AMOR

Ni un retrato, ni un dibujo, ni siquiera una descripción. Solo la frase: «el eritrobasto basófilo es una preciosidad». Temblaban de emoción las palabras del docente. En el aula se abrió una puerta al futuro. El sueño de un encuentro.

Tu amiga, enamorada, se hizo hematóloga solo por conocer un día esa belleza al microscopio. Jura que no la defraudó.

22
INDEPENDENCIA

En estos días un óvulo despunta en el folículo originario y familiar, a salvo, rodeado de células afines. Pronto se soltará. Tiene que recorrer la compleja estrechez de las trompas hasta alcanzar el útero; un lugar propio en el que acomodarse. Al menos por un tiempo.

Ruega que no llegue un espermatozoide enredador y pretenda cambiarlo todo.

23
ANATOMÍA II

Examen de anatomía. Estudias con él.

Desnuda, repasas a su lado: deltoides, suave colina del hombro donde reposas tu cabeza revuelta. Nombras curvas que dibujan flexores y extensores en su antebrazo. Cada pieza que conforma los dedos, hábiles en pulsar tus enigmas, la diáfisis del hueso que da recia consistencia a su muñeca. Sigues el caprichoso trayecto de las venas que le arropa la piel. No puedes ver el pecho que te acoge, demasiado cercano de tus ojos. Más allá, refugio de las vísceras, el abdomen sube y baja muy suave con la respiración. Debajo, queda el bosque en que demoras tu punto más radiante, los cuerpos cavernosos que yerguen, otra vez, la lanzadera al paraíso.

24
MEDICINA LEGAL

Todo deja rastro. El trayecto de la puñalada, la distancia a la que se disparó el proyectil, el surco en los ahorcados. No hay venenos perfectos ni accidentes fingidos que no se puedan descubrir.

Solo quedará impune quien favorece en la víctima debilidades peligrosas o empuja su deseo de muerte.

Detenerse. Rectificar. Dejar de lado lo que te perjudica, recuperar el arma que pusiste en manos de quien ya no te quiere.

25
EPITELIO II

Piel. Células dispuestas una al lado del otra. Redondeadas y tiernas en su origen, unidas por desmosomas como besos. Nos cubren y protegen, intercambian y dan soporte a receptores de dolor y placer, de tacto y de temperatura. Se aplanan con el tiempo. Se apilan unas junto a otras. En los últimos estratos, ya más viejas, sin núcleo, forman una capa de queratina de distinto grosor según la especie de animal.

Barrera defensiva o lugar de intercambio y de contacto. Ahora que ya no duermes con tu amor, sueñas con una piel de paquidermo.

26
CICLO

Te fascina ver, en el ciclo de Krebs, proteínas, grasas e hidratos de carbono, trasformados en el mismo compuesto, hacer girar la rueda para que se produzca y se almacene la energía en la molécula del ATP, el asombroso adenosín trifosfato. Sin ella, nada se mueve, la vida no se puede mantener. Átomos de carbono y nitrógeno entran o salen. Oxígenos se acoplan o se desunen. Enlaces se crean o se deshacen. Hidrógenos saltan aquí o allá. En la danza perfecta nada desaparece, solo cambia.

Piensas en tu mundo hasta ahora, en lo que ha sido. En lo nuevo, y en lo que ya no importa. Los vínculos que vas formando y los que dejas, experiencias recientes y recuerdos que ya no te emocionan. No puede haber nostalgia. No se ha perdido nada. Creas y almacenas la energía que **A**bre **T**u **P**uerta a la que vas a ser.

27
TU NOMBRE

La espiral. El abrazo de las bases afines, enrolladas amorosamente en cromosomas. Adenina y timina, guanina y citosina, se enlazan dulcemente, unidas al azúcar que las convierte en nucleótidos. Series de cuatro letras, códigos cifrados, genes que se leerán innumerables veces en cada célula de cada uno de los tejidos, de cada uno de los seres y los harán distintos: ATGCTAGCATCG... Irrepetibles y precisos. Átomos de oxígeno, de carbono, hidrógeno y nitrógeno y una pizca de fósforo que se trasmiten con la fecundación y se disgregan con la muerte, en el ciclo de todo lo que existe.

También en ti, ensamblados por el azar o por la determinación, lo mismo que tus ganas o que tu voluntad, definen lo que eres, lo que haces, lo que vas a escribir.

Mientras alientes, será la vida que llama por tu nombre.

28

SANTUARIO

En el primer espacio, un aire inusual mitiga los sonidos. Envuelta con el verde obligatorio y cubiertos los pies como procede, pasas a la siguiente cámara. Alguien te instruye en el ceremonial. Durante diez minutos friccionas manos y antebrazos con líquido purificador. Las abluciones no te permiten tocar nada. Te visten la túnica, antes de pasar al recinto contiguo. El gran foco en el techo te deslumbra. Los oficiantes rodean un cuerpo del que se ha retirado la consciencia, tendido sobre el ara. Brillan los instrumentos del ritual, alineados en el impoluto verde de los paños. Se te asigna el lugar de los neófitos. Allí, es un precepto la inmovilidad. Absorta, miras el filo hendir la carne del abdomen. Alguien retira con rapidez la sangre. Resplandece el amarillo de los epiplones. La cavidad se abre a las manos expertas. Te fascinan los movimientos precisos entre las vísceras confusas, los colores vivos, la forma de los órganos que reconoces, la rapidez con que se llega al mal para extirparlo, las pinzas que sostienen o cierran. Se succionan líquidos, se enjuagan y retiran los deshechos. Hay un ritmo de entrada y de salida, aire, borboteo de gas y de anestesia. Cada cual sabe lo que tiene que hacer. Máquinas e instrumentos obedecen con una prisa sosegada. En el silencio, el tiempo se detiene y se reanuda. Todo vuelve a su sitio. Te asombra la sencillez de las puntadas que cierran, el hilo que dibuja su bordado en la piel.

Has pasado tres horas deslumbrada e inmóvil. Serás cirujana, decides.

29

EXAMEN MIR

Saltas. Es otra vez un juego de rayuela. El miedo infantil al fallo vuelve a inmovilizarte. Las casillas son opciones y tus pies un bolígrafo que sólo debería marcar las correctas. Pero ¿cómo acertar? ¿cómo no caer en el lugar erróneo? Tu corazón de siete años se desboca. No lo conseguirás. Horas y horas y horas de estudio se posan en tus hombros, paralizan tu mano con el peso añadido de lo robado a tu juventud. Multitud de iguales alrededor lidian con la misma pesadilla, los mismos cuadraditos decisivos, un bolígrafo propio. ¿Iguales o contrarios? Competís en una carrera donde no pueden ganar todos. ¿O sí?

Te paras un momento. La enorme sala de pupitres parece un hospital decimonónico de camas alineadas. Sobran enfermos, piensas. Qué importa la especialidad que finalmente elijas o te elija. Tienes bastante con cualquier puntuación. Aprobarás seguro. Si el resultado te lleva a otra ciudad, acaso sea lo mejor. Cualquier lugar es bueno para seguir estudiando y aprendiendo, todos los hospitales libran una batalla semejante.

Miras ahora cómo sonríen las posibles respuestas. Te mueves de una a otra en un baile gozoso. Celebras el paso del umbral hacia tu nueva vida.

30
HISTORIAS

Escuchas y escuchas y escuchas. Tus primeras historias en la consulta, tanta responsabilidad. ¿Qué parte es enfermedad y que parte es relato?

De repente, se me nubló la vista. Escuchaba sin entender. Era una puñalada, aquí, en el pecho. Un gato agarrado en las tripas. Y no me entraba el aire.

Lo que puede encajar en síntomas y síndromes hay que apuntarlo. Lo que no está tan claro ¿dejas que se disuelva en el aire? ¿lo guardas para escribir tus cuentos? ¿Podría ser la pista de un diagnóstico raro?

No puedes cansarte de dudar.

31
FUGA

Exploráis al paciente. Palpación abdominal. Las manos de tu compañero sobre la piel ajada y amarilla del enfermo. Hermosas, fuertes, los ágiles dedos, la piel morena, tensa en el dorso.

Te pide que confirmes si percibes alteraciones parecidas. Lo haces. Has aprendido a notar los signos patológicos al tacto y a la percusión. Vuestras manos tan cerca. Sientes un enorme deseo de tomar la suya, salir corriendo del cuarto, atravesar pasillos, huir del hospital, tumbarte con él sobre la hierba fresca del verano que empieza.

Os quedan veinte horas de guardia por delante.

32

CAMAS

Camas, estaciones de un trayecto que se acelera cada día y cada noche. Suena un busca de madrugada en tu cama del cuarto de guardia. O quizá es el despertador de la mesilla en casa. O el silbido de la cafetera en un apartamento ajeno. No quieres levantarte. No quieres abandonar la tregua donde te ha derrumbado el sueño, ganándole a las prisas y deberes. No quieres resolver nada, ni volver al trabajo, ni salir a pasear tu tiempo libre o el amor. Solo quieres acurrucarte. Olvidar la tarea de existir.

33
TIEMPO PERDIDO

Diez de la noche, sábado sin guardia. Has pasado la tarde buscando consuelo en la lectura, dormitando. A ratos lloras. No has comido; el estómago cerrado, el amor roto. Bebes coñac, aunque apenas lo toleres. Tampoco dormiste anoche. Seguro que hoy también te desvelas. Llaman. No tienes ganas de ver a nadie, no es lógico recibir visitas a estas horas, aun así, te arrastras hacia la puerta, tan cerca en el piso mínimo. Y allí está Marcel en persona. Lo miras, os miráis en silencio. Sus ojeras de insomne, los párpados entrecerrados, la mirada que todo lo penetra, el bigote, la elegancia. Casi sonríe, pero no.

Se acomoda en el sofá como quien tiene costumbre de recostarse, de guardar cama. Notas su respiración, la leve taquipnea, sibilancias muy tenues que se oyen incluso sin fonendo. El asma. No dices nada, él no ha venido a consultar, no hace falta que te diga a qué ha venido. Pasa un rato, le sostienes la mirada. Ambos sabéis de qué va. Le oyes decir como si fuera tu mismo pensamiento:

—La fuerza que da más vueltas en torno a la tierra no es la electricidad, es el dolor[1].

Asientes con un gesto, doblada sobre tus tripas, hundida al otro lado del sofá verde. En el salón minúsculo del mismo color, enormes ramajes trepan el papel de las paredes en hileras insistentes como súplicas.

Tus quejas rompen el largo silencio.

—Durante semanas fue y vino y me besó y se acostó conmigo, como si no pasara nada, rechazando cualquier insinuación.

Se encoge de hombros en un gesto de impotencia cómplice, susurra.

—Estaba desolado de oír a Albertina mentirme así, negarme la evidencia que su sonrojo me había confesado muy bien. Su falsedad me desesperaba[2].

Continúas tu confesión:

—Hice como si no importara. Nunca nos dijimos para siempre. No creíamos en promesas, ni en exclusividades, ni en un futuro entre los dos. No era necesario. Me bastaba lo real, el ahora y la verdad entre nosotros.

—A partir de cierta edad —asiente—, por amor propio y por habilidad, son las cosas que más deseamos, las que aparentamos que no nos interesan[3].

Asientes tú también, por cortesía, más que nada. No tienes esa edad, piensas. Sigues creyendo que la trasparencia entre amantes es la esencia misma de la unión. Te explicas.

—Con él, era todo distinto. Fuimos parte del otro. Sucuerpomío o micuerposuyo, nuestra risa a la vez, cada gesto. Entender sin hablar, Escuchar sin palabras. Será imposible recuperar mi yo sin él. Nunca será lo mismo con nadie —lloras sin poder detener las lágrimas, los sollozos infantiles, desbocados.

Tardas un rato en escuchar lo que murmura de su propio recuerdo, lo que evoca por si te puede consolar.

—Y al ver aquel cuerpo insignificante allí tendido, me preguntaba qué tabla de logaritmos hacía que todos los actos en que había podido intervenir, desde un tocarse con el codo hasta un rozarse con la ropa, pudieran causarme, extendidas al infinito de todos los puntos que aquel cuerpo había ocupado en el tiempo y en el espacio y súbitamente revividas en mi recuerdo, unas angustias tan dolorosas y que, sin embargo, yo sabía determinadas por movimientos, por deseos de ella, que en otra, en ella misma cinco años antes, cinco años después, me hubieran sido tan indiferentes[4].

Sí, lo conoces, es un lugar común. Pasado el amor, la indiferencia. Quizá es así, pero no siempre. Entiendes lo que es morir de amor. Abandonar la vida, quitársela al cascarón vacío que ha quedado tras mutilar el nosotros. O, si se sigue respirando, dejar de ser. Existir como sombra vacía, gestos, supervivencia.

Paras. Te asustan estos pensamientos. Vas hacia la cocina y preparas dos copas de jerez con unas galletitas. Bebes un sorbo, compartís una leve sonrisa. Parece que estuvieseis de acuerdo. Esos ojos que han visto el fondo de lo humano, descifran lo más hondo de ti, responden a lo que aún no has preguntado:

—Comprendí que mi amor, más que un amor a ella, era un amor en mí[5].

—No creo que sea lo mismo en esta historia, —aseguras desencantada—, no me tengo ningún cariño. No creo que el tiempo lo mejore. Me gustaría borrar todo lo que ha pasado. Estoy harta de sufrir.

Marcel bebe un rato en silencio de su copa, se come dos galletas. Retira con el pañuelo una miga que se le había quedado en el bigote. Parece que no fuese a hablar más, pero retoma.

—El recuerdo de Albertina se había tornado en mí tan fragmentario que ya no me producía tristeza. Y no era más que una transición a nuevos deseos, como un acorde que prepara cambios de armonía[6].

—No habrá nuevos deseos. No en ese sentido —aseguras.

Sonríe cómplice e irónico a la vez. Es curioso el brillo en su mirada, que las ojeras profundizan.

—La vida de esas personas que por pereza o timidez van derechos, en coche, a casa de unos amigos a quienes conocieron sin haber soñado antes en ellos, y que no se atreven nunca a pararse en el camino junto a una cosa que desean, está teñida de tristísimo tedio[7].

No vas a discutir. Sería inútil. Dices algo para cerrar el tema, algo general en lo que ni siquiera crees, y vacías tu copa.

—Supongo que cada uno lo vivirá distinto.

Mira al fondo del cuarto, como si no te viese.

—Solo tenemos del mundo unas visiones informes, fragmentarias, que completamos con asociaciones de ideas[8] —dice, ojeando el cuaderno de notas, un diario en realidad, que tienes sobre la mesita—, solo mediante el arte podemos salir de nosotros mismos, saber lo que ve otro de ese universo que no es el mismo que el nuestro, y cuyos paisajes nos serían tan desconocidos como los que puede haber en la luna[9].

No sabes si chafar la frase, contar que esos paisajes ahora los conocemos y están fotografiados hasta la saciedad. Pero notas que te mira con sorna, como diciendo aquello del dedo y la luna, que sabes de sobra lo que quiere decir. Jadea un poco, te compadeces de su respiración fatigosa, tan fácil de remediar en esta época. Sientes necesidad de disculparte por los cuadernos.

—Son apuntes. Garabatos, no merecen la pena. No soy buena escribiendo. No sé cómo inventar personajes, ni crear situaciones. No puedo hilvanar ningún cuento. Nunca terminaré un libro.

Te escuchas a ti misma. Es la primera vez que confiesas el deseo de escribir. Escribir un libro tuyo, de verdad.

Como si te hubiese leído el pensamiento, concluye:

—El único libro verdadero, un gran escritor no tiene que inventarlo en el sentido corriente, porque existe ya en cada uno de nosotros, no tiene más que traducirlo. El deber y el trabajo de un escritor son el deber y el trabajo de un traductor[10].

Te entrega el cuaderno. Vas al cuarto de al lado. Quieres darle un regalo, algo a cambio de la visita. Coges un inhalador y vuelves al sofá. Le explicas como se utiliza, aprende rápido. Te recuestas abrazada al cuaderno y te duermes por fin.

Es casi mediodía cuando despiertas extrañamente renovada. La luz del cuarto parece un comienzo o un final. El inhalador ya no está allí.

Bibliografía/Notas

En busca del tiempo perdido. La fugitiva. Marcel Proust.
Libro de Bolsillo Alianza Editorial 1980. Madrid. (1) Página 66. (5) Página 157. (6) Página 202. (8) Página 175.

En busca del tiempo perdido. La Prisionera. Marcel Proust.
Libro de Bolsillo. Alianza Editorial 1980. Madrid. (2)
Página 429. (3) Página 374. (4) Página 391.

*En busca del tiempo perdido. A la sombra de las muchachas en
flor.* Marcel Proust. Libro de Bolsillo. Alianza Editorial
1980. Madrid. (7) Página 510.

En busca del tiempo perdido. El tiempo recobrado. Marcel
Proust. Libro de Bolsillo. Alianza Editorial 1980. Madrid. (9) Página 246. (10) Página 240.

34
CORAZÓN

Un corazón con cuatro cámaras, como el de tantos animales. A la primera llega por grandes venas, sangre cargada de todo lo que pasó en el cuerpo. En la siguiente, se empuja a los pulmones para que la oxigenen y depuren. Vuelve a la tercera, renovada. Desde la cuarta se lanzará por las arterias, como la posibilidad de seguir existiendo.

Tu corazón se ha roto. Se estanca lo que ha sido. No se ventilan los deshechos. Has olvidado la forma de latir hacia adelante con tu vida.

35
DEJAR IR

Siempre hay algo que salvar de un mal amor, te dices.

El brillo, un tono miel sobre el marrón oscuro. Fluir: el paso a líquido de lo que fue sólido.

Te centras en lo que estás haciendo. Conoces las palabras precisas y anotas en el historial de tu paciente: moco, esteatosis, diarrea. La consistencia y el color de las heces.

36

DE LAS AGUAS LOS AIRES Y LOS LUGARES

Que tu alimento sea tu medicina
HIPÓCRATES

No respires únicamente el aire, tan a menudo cargado de fracaso, de lucha contra la enfermedad. Ni te alimentes con la tristeza que ronda los hospitales. Sal. Busca lugares de amistad. Agua de risas.

37
INJERTO CONTRA HUÉSPED

Desde que os habéis separado, pierdes peso, no puedes concentrarte, no comes ni duermes, Las sombras te rodean los ojos como un extraño maquillaje. Amor, escupes la palabra como si fuese un cuerpo extraño. Lo más hondo, lo que dejaste que entrara, lo que parecía un remedio, ahora te destruye.

Pones distancia. Activas la máquina de pensar. Origen del problema: necesidades fisiológicas, soledad. Causa remota: enamoramiento. Abordaje de la causa remota: relación de pareja, implante de lo ajeno en vida propia. Causa patológica reciente: fallo del implante.

Enfermedad: injerto contra huésped, diagnosticas. Luego, sigues llorando.

38
COSTURA

Hilo de seda, agujita enhebrada, Unes los bordes con mimo. El preciado tejido, en tus manos. Puntadas perfectas. Costura impecable.

Todo lo que aprendiste de niña, bordando manteles en el tedio del verano, lo aplicas, ahora, sobre la carne herida. Quedan mínimas cicatrices.

39
MOSTRADOR

El corazón sin arterias. Abierto en láminas, el hígado. Pulmón en porciones.

¿Casquería o la sala de autopsias?

40
UNIFORME

Te queda bien la bata, dicen, y el pijama de las guardias también. Ropa desinfectada, lisa como tu pelo, triste.

Para cambiar, llamas a tu mejor amiga y vas de compras. Elegís ropa que nunca os habríais puesto. Colores imposibles, tallas grandes o demasiado prietas, vuelos, cortes y largos que resaltan todos vuestros defectos. El probador es una juerga. Os reís hasta no poder más. Cada una sale con una prenda desafiante, absurda. Seguís en la peluquería; un corte caprichoso, el tinte rosa.

De vuelta al hospital, el blanco impone, de nuevo, un porte serio. Esa formalidad.

41
MAL

No pudiste. No pudiste. No supiste. Otros, más hábiles que tú y más sabios no han sabido tampoco, y no han podido. No eres culpable del fracaso, de la fatal evolución, de la muerte. Aun así, te condenas a revisarlo todo una y otra vez. A estudiar de nuevo todas las posibilidades, listas interminables de diagnóstico diferencial, libros, revistas, publicaciones.

Horas, días, antes de poder descansar y perdonarte un poco.

42
PALABRAS

Sábado, noche de guardia. Cinco de la madrugada, hora de los borrachos. Suena el busca. En uno de los boxes de urgencias, un hombre no tan joven, ronca su juerga, apestando a alcohol.

Lo miras con ojos que te arden de sueño, en el estómago se enrosca como una puñalada el último café o lo que sea, que tomaste en la máquina del hall. El latigazo de fatiga en las lumbares no ha cedido con la segunda dosis de analgésico. No puedes con las piernas, la tensión en el cuello te marea.

—¡Sal de esa cama! —gritas— ¡La necesito más que tú!

Empujas al fulano hasta tirarlo al suelo y te dejas caer en las sábanas acogedoras, sin importarte nada. Duermes hasta saciarte.

Pero no.

Escribes: estupor, coma etílico. Palabras dignas, términos aceptables. Y das órdenes para el tratamiento.

43
PAISAJES

Te has llenado los ojos del azul y del verde en la montaña todo el fin de semana. Juntos en la misma tienda, cuerpos amigos, risas, malas comidas y café. Casi un beso del hombre que deseas. El regreso a casa en autobús, feliz, rendida.

Lunes. Las camas en el hospital. Vuelves al árido paisaje de la muerte.

44

NOCHES DE UCI

Jadean los ventiladores con segura cadencia. Borbotea el oxígeno en suave nota pedal. Roce de pasos vigilantes y susurro de teclas no rompen el silencio. Parpadea en voz baja una lámpara. Quejas amortiguadas suspenden el amanecer.

Qué ganas de salir corriendo y gritar.

45

FIEBRE

Fiebre sin foco en un adulto joven. La urgencia se desborda en pacientes como todas las guardias. Repasas la lista de diagnósticos, aplicas algoritmos. Atiendes aquí y allá mientras llegan las pruebas. Te duele la cabeza, exploras ancianitos quejosos, auscultas, no has comido nada y son las seis. Vuelves a valorar al chico, parece adormilado. Decides una punción lumbar y miras asustada el turbio líquido en donde los meningococos seguramente campan a sus anchas reproduciéndose a placer. Ardes en entusiasmo. Los has pillado a tiempo, morirán envueltos en penicilina.

Estás feliz. Doce horas después te derrumbas con cuarenta de temperatura. Ojalá sea gripe.

46
TENTACIÓN

Te demoras en los espacios alveolares. Cerca, Anaïs se presenta vestida de imposible. Exhibe su deseo, sin vergüenza alguna, tropieza con la estratificación del epitelio bronquial. La tomas del brazo, avanzáis. Los puentes de sulfuro mantienen la estructura. Detrás de ellos, Miller asoma con un gesto provocativo. Formulas las resistencias, pero hay una cierta elasticidad, una *compliance*. La finísima membrana que permite la difusión. El intercambio. Desaparecen de tu vista. Quizá se escondan en alguna estructura, intercambiando flujos también ellos. Querrías seguirlos hasta Louveciennes, dejarte seducir. Si no fuera porque tienes que estudiar, como siempre. Y no te apetece, como suele ocurrir. El dilema.

Sales del alveolo, te deslizas, hacia arriba por los bronquios, llegas al otro lado de tu biblioteca. No, hoy no quieres ver como Malone muere. Vas directa al trópico, te instalas en el delta del placer.

EN EL DELTA DE VENUS

En tu mente loca de fatiga, pegada al ventanal donde aún no amanece, imaginas un vuelo. Tiritas con el frío y la resaca de las guardias, madrugones, agendas imposibles y horas de estudio. Sería fácil acabar con todo. Salir por la ventana. Siete pisos abajo, habría un choque de asfalto y adoquines con alivio final. No más historias, ni problemas, ni resolver lo que aún no manejas del todo. Pero no.

Consideras otra vía de escape. Recuerdas una cita pendiente. Vas a quedar con Anaïs. Apuras. Dices lo necesario, escribes tratamientos y dosis. Cumples con la tarea un día más, mientras piensas en ese encuentro. Logras dejar el hospital a la hora justa de salida.

Llegas a Louveciennes, las manos temblorosas, el corazón desbocado. Reconoces la casa por lo descrito: «tiene doscientos años. Sus paredes son de casi un metro de espesor y cuenta con un gran jardín, un enorme portón para los coches, y, junto a él, una puertecita verde para las personas. Hay un ancho camino de grava y un estanque lleno de tierra y hiedra. La campana suena como un badajo gigante[1]». Llamas.

Emilia, la criada, abre. Es bizca y española, dijo Anaïs. Estrábica, corriges mentalmente. Hablas algo con ella. Esperas. Anaïs surge del fondo como una aparición, su vestido de seda cruje y la capa, que arrastra por detrás, se abre en el escote dejando ver los brazos y las manos de bailarina. Os saludáis. Elogias la fachada de la casa, el portón. Su voz, cuando responde, tintinea.

—Cuando miro el verde portón de hierro desde mi ventana, su aspecto es como el de la puerta de una prisión. Es una impresión injustificada, porque puedo salir de aquí siempre que quiero, y también porque sé que los seres humanos atribuyen a un objeto o una persona la culpa de constituir un obstáculo, cuando este reside siempre en uno mismo[2].

Piensas en los obstáculos que eliges, tus prisiones, el hospital. Los ojos de Anaïs son penetrantes. Bajas la vista, vuelves a una conversación que deseas sencilla.

—Me encantan las ventanas, su equilibrio.

Anaïs sonríe con tolerancia de vidente.

—En el centro hay una ventana ciega, puesta allí para conservar la simetría, pero a menudo sueño con esa misteriosa habitación inexistente detrás del cerrado postigo[2].

¿Hablaste de equilibrio? ¿De cuál? ¿Del que tú necesitas? Pero si al escuchar la palabra inexistente ya no puedes pensar en otra cosa que en esa habitación.

—Elegí la casa por muchas razones —dice Anaïs—. Tuve la sensación como de prepararme para un amor inminente[2].

Ha bajado la voz con esa confidencia, recoloca su capa, vuelve a mirarte y sigue.

—Cada habitación está pintada de un color diferente. Como si hubiera una habitación para cada estado de ánimo; rojo laca para la vehemencia, turquesa pálido para el ensueño, color de melocotón para la ternura, verde para el reposo, gris para trabajar ante la máquina de escribir[3].

Será el cansancio, estás floja, pero sientes hablar tu propio corazón y los ojos se te llenan de lágrimas. Menos mal que prepara unas copas y no mira. Te acerca una. Bebes, es delicioso. El brillo y las burbujas del champagne suben del fondo, como a veces lo hace la alegría; sonríes y la escuchas.

—La vida corriente no me interesa. Solo busco los momentos fuertes. Estoy de acuerdo con los surrealistas, busco lo maravilloso[3].

No te faltan los momentos fuertes, pero sí lo maravilloso. Deseas con todo tu corazón entrar en lo maravilloso, renovarte con ello. Como si pudiese oír tu pensamiento, Anaïs apura el resto de su copa y sigue.

—Quiero ser una escritora que recuerde a los demás que estos momentos existen; quiero demostrar que hay espacios infinitos, significados infinitos, dimensiones infinitas[3].

Quizá sea escuchar «espacios», «significados», «infinitos», o el *champagne* o la droga con la que quizá lo haya mezclado. Flotas, liviana como la imaginación.

Quieres entrar en ese cuarto imposible, fantaseado o lo que sea. Es en lo único que piensas ya. Pero Anaïs te conduce al comedor.

La mesa está cubierta de un mantel exquisito, bordado con escenas y textos en todos los colores. Los invitados tienen servicios de mesa adecuados a su forma de ser, distintos para cada uno. Henry Miller preside una de las cabeceras. Le reconoces por cómo le ha descrito tu anfitriona: «cabeza calva en parte, aureolada por cabellos plateados y vivaces, y unos labios gruesos y sensuales[4]», empuña la cuchara y come con entusiasmo de un potaje especiado y consistente, de olor extravagante. Al lado, June, su mujer, la más bella de la tierra, según dijo Anaïs, contempla con indiferencia el plato, entretenida en acariciar los rebordes de la porcelana, las flores del adorno. En la otra cabecera ves a Artaud; mirada feroz, que parece succionar los jugos de color oscuro, vertidos en redomas ante sus ojos. Escuchas eructar a Gonzalo mientras rebaña su escudilla. Helba ríe a carcajadas escupiendo restos de pan. Joaquín Nin, el padre de Anaïs, seduce en un silencio tan hábil como sus dedos de pianista, que ahora tocan los cubiertos de plata. Hay muchos más invitados; la mesa se alarga hasta difuminarse. No puedes fijarte en todos. Quizá haya más ocasiones, piensas. Ahora solo quieres tomar la mano de Anaïs, subir las escaleras y entrar en esa habitación, en esa habitación.

Sois cómplices de un mismo pensamiento, porque ella coge tu mano y te hace seguirla. Subís. En el pasillo se libra de la capa. Os alumbran los destellos de su vestido. Hay soles, manos, sexos abiertos, bocas suspirando, ojos, dibujos de los puentes del Sena. Tardáis un buen rato en llegar. En ese corredor larguísimo, desaparecen el cansancio y las preocupaciones. Se borran síntomas y enfermedades, abandonas la culpa de no estudiar lo suficiente, olvidas el trabajo, vuelas frágil y seducida.

Llegáis. Puede que la ventana sea falsa, pero en ese lugar entra la luz. Aunque ilumina de otra forma; más nítida quizá, o más profunda. Revela rincones escondidos, deseos, goces, sueños, pactos. Hay un sofá, pero si observas, es una cama enorme. Las sábanas se yerguen y abrazan a diversos amantes que gimen su placer. Algo se mueve, te parece ir en barco, atraviesas un río familiar. ¿Dónde escuchaste este lamer del agua en los costados, crujidos de madera en la noche, cantos de los clochard en las orillas? El aire alrededor es libre y delicioso como un elixir. Serena los músculos y despierta la piel. ¿Qué te ha pasado para vivir anestesiada tanto tiempo?, piensas. Entonces vuelves a escuchar su voz.

—Los síntomas de la hibernación se pueden detectar fácilmente. El primero es la inquietud. El segundo (que llega cuando el estado de hibernación empieza a ser peligroso y podría degenerar en muerte), es la ausencia de placer, Eso es todo. Parece una enfermedad inocua[5].

¿Se puede comparar esto con las enfermedades que atiendes a diario? Vaya exageración. Sin embargo, lo que dice Anaïs te llega. Corta, abre, evidencia el mal que te devora. Pensaste no hace tanto en acabar, en salir por la ventana y escapar de tu vida volando hacia la nada. Ahora escuchas con muchísima atención. Ella sigue diciendo:

—Monotonía, aburrimiento, muerte. Hay millones de personas que viven (o que mueren) así, sin saberlo. Trabajan en oficinas. Tienen coche. Salen al campo con su familia. Educan a sus hijos. Hasta que llega una brusca conmoción: una persona, un libro, una canción, y los despiertan y los salvan de la muerte[5].

Anaïs busca tus ojos con los suyos. En el fondo de las pupilas, muy atrás, contemplas a la mujer aletargada que fue ella, que también eres tú. No trabajas en oficina, no tienes hijos, ni sales con la familia al campo, pero te reconoces y su voz te despierta a un lugar donde todo está vivo y late al ritmo de tu ser.

Cierras los ojos. Gozas, te dejas llevar. Hace tiempo que no eras tan feliz. Cuando los abres, Anaïs lleva en la mano su libro sobre D. H. Lawrence. No admiras a D.H. pero las escenas del amante en el bosque tienen algo. El erotismo de escapar, quizá. Igual es lo que necesitas, escapar echando polvos con cualquier guardabosques. No ser tan remilgada. Anaïs habla ahora de ese coleccionista de erotismo que le pidió relatos; de su encargo.

—Primero le compró a Henry un manuscrito y luego le sugirió que escribiera algo para uno de sus clientes más antiguos y ricos. El coleccionista no pudo explicar gran cosa acerca de su cliente, pero sí dijo que estaba interesado en el erotismo[6].

Disfrutas de este tono cambiante. Anaïs diagnosticó tu alma y ahora te cuenta chismes. Miras como se cubre la cabeza con un velo negro de encaje bordado semitransparente, español, ancestral. Sigue con su relato.

—Cuando Henry necesitó dinero para sus gastos de viaje me sugirió que escribiera algo mientras. Yo no tenía ganas de dar nada auténtico y decidí crear una mezcla de historias[7].

—¿Y le gustó? —preguntas, recostada en la *chaise longue* donde ahora reposas.

Pone la voz ronca imitando al coleccionista, y contesta con sus mismas palabras.

—«No ponga toda esa poesía ni ninguna descripción que no trate de temas sexuales». «Concéntrese en el tema sexual»[8].

Reís de buena gana. Sientan bien estas risas.

—¿Cómo lo hiciste? —Indagas.

—Me pasé varios días en la biblioteca estudiando el *Kama-sutra*, presté atención a las aventuras más atrevidas que me contaban los amigos[8].

Quieres oír esas historias. Te preguntas qué mezcla consiguieron. Esperas que no sea un porno de lo más vulgar.

Anaïs juega con el velo, tapa en parte su cara, hace gestos de princesa oriental. Baila, recuerda a Sherezade. Mezcla sueños, desliza realidades donde el placer es lúcido y valiente. Rebusca en sus cuadernos. Te señala una frase, responde a lo que deseas sin saber. «Hace mucho tiempo que reprimo mi deseo de ser frívola, despreocupada, libre. Pero ahora tengo que tratar de escribir para que no se rompa mi pequeño mundo[9]». ¿Ella también? ¿Hay que escribir como respuesta? ¿Y el erotismo? Quieres que siga hablando, que se explique.

—¿Entonces, cómo lograsteis que se contentara?

—Decidí escribirle, dirigirme directamente a él y contarle lo que nosotros sentíamos[10].

Te enseña una carta. Los caracteres de la máquina de escribir están algo borrosos, amarillea el papel en los márgenes. Lees:

Querido Coleccionista:
Le odiamos, la sexualidad pierde su fuerza y su magia cuando se hace explícita, automática, exagerada, cuando se convierte en una obsesión mecánica. Llega a ser aburrida. Usted nos ha enseñado mejor que nadie lo erróneo que es no combinarla con la emoción, la sed, el deseo, la lujuria, los antojos, los caprichos, los lazos personales, las relaciones más profundas, que cambian su color, su sabor, sus ritmos y sus intensidades[10].

Estás intrigada. Tan pronto habla en serio como es frívola. ¿Qué escribían entonces?

Ahora, este lugar, donde permaneces con ella, es un hueco, la cueva que guarda los deseos. Alrededor se iluminan ventanas. Pero no son ventanas, son cuadros y se mueven; están vivos. En cada uno hay una imagen o una historia. Te acercas. Miras y escuchas la voz de Anaïs que narra las escenas.

«Yacíamos en la penumbra rodeados por extrañas formas: trineos, botas, cucharas de Rusia, cristales y conchas de moluscos. De las paredes colgaban grabados eróticos chinos. Pero todo, incluso un fragmento de lava de Krakatoa o la botella con arena del mar Muerto, poseía una cualidad de sugerencia erótica[11]...». Abres los ojos, asombrada «Su sexo era como una gigantesca flor de invernadero, más ancho que ninguno de los que había visto el Barón; con el vello abundante y rizado, negro y lustroso. Estaba pintándose aquellos labios como si fueran los de una boca, tan minuciosamente que acabaron pareciendo camelias de color rojo sangre, abiertas a la fuerza, mostrando el cerrado capullo interior, el núcleo más pálido y de piel más suave de la flor[12]...». Te enganchas «Empezó a tirar de la ropa y ella le ayudó. Su cuerpo emergió como Venus surgiendo del mar. La levantó para que pudiera tenderse por completo en el lecho y no dejó de besar todos los rincones de su piel[13]...». Atrapada, miras «El cuerpo que emergía, sin vello, absolutamente desnudo, mientras permanecía con las piernas separadas… sobresaltaba a la concurrencia por la sensualidad de cada curva… Las anchas ligas negras estaban colocadas muy arriba. Llevaba medias asimismo negras…botas altas de cuero[14]…». Lánguida, sigues oyendo: «…se sumergió y la tocó jugando, forcejeando con ella y buceando por y entre sus piernas[15]…». Apenas te reprochas ya este descaro de voyeur: «Sus cuerpos estaban fundidos en uno. Las bragas de Linda habían sido bajadas con tal prisa, que se habían deslizado en toda la longitud de sus piernas y las tenía ahora alrededor de los tobillos. Él, por su parte, había introducido de alguna manera su pie por una de las perneras de las bragas. Se miraron las piernas, atadas por aquel trocito de gasa negra y se echaron a reír[16]…». Sonríes excitada. Navegas o te arrastran en este balanceo. ¡Qué más da! Es un ritmo de avance y retroceso que enerva. Resuena el relato en tu interior: «Cada uno percibía el cuerpo del otro, demorándose en las curvas más cálidas, siguiendo la misma trayectoria todas las veces, reconociendo por el tacto los lugares donde la piel era más suave y tierna, donde era más fuerte y estaba expuesta a la luz del sol; donde se repetían en el cuello, los latidos del corazón; donde los nervios se estremecían cuando la mano se aproximaba al centro, entre las piernas[17]. Escuchas, esta tortura deliciosa: «Solo tocaba la vulva accidentalmente, de una forma muy ligera, lo justo para sentir la rápida y vegetal contracción de placer que sus dedos producían[18]...». Es un río y no se puede detener. Avanzas en la Belle Aurore, Bello Amanecer, de la gabarra. Ya no piensas, tu cuerpo flota. Alcanzas a llegar hasta el Delta de Venus. Naufragas. «Como un corazón latiendo, como un miembro palpitando dentro de una mujer... revolcándonos en la arena, siguiendo el ritmo del jazz[19]».

Tardas tiempo en volver, como si regresaras de algún país lejano. Un velo negro, bordado y transparente se arruga entre tus piernas. Regalo de Anaïs, quizá. Te ríes satisfecha. Ya no quieres salir por la ventana. Has encontrado mejores formas de volar.

Bibliografía/Notas

Anaïs Nin. *Diario* 1931-1934. Editorial RM. 1966. Barcelona. (1) Página 13. (2) Página 14. (3) Página 15. (4) Página 18. (5) Página 17.

Anaïs Nin. *Diario* 1939-1944. Editorial RM. 1969. Barcelona. (6) Página 67. (7) Página 68. (8) Página 69. (9) Página 114. (10) Página189.

Anaïs Nin. *Marcel. Delta de Venus.* Bruguera. Libro amigo 1979. Barcelona. (11) Página 297. (19) Página 314.

Anaïs Nin. *El aventurero húngaro. Delta de Venus.* Bruguera. Libro amigo 1979. Barcelona. (12) Página 19.

Anaïs Nin. *La mujer del velo. Delta de Venus.* Bruguera. Libro amigo 1979. Barcelona. (13) Página 107.

Anaïs Nin. *Bijou. Delta de Venus.* Bruguera. Libro amigo 1979. Barcelona. (14) Página 213.

Anaïs Nin. *Mallorca. Delta de Venus.* Bruguera. Libro amigo 1979. Barcelona. (15) Página 51.

Anaïs Nin. *Linda. Delta de Venus.* Bruguera. Libro amigo 1979. Barcelona. (16) Página 288.

Anaïs Nin. *Elena. Delta de Venus.* Bruguera. Libro amigo 1979. Barcelona. (17) Página133. (18) Página 134.

48
PRESENTACIÓN DE ÓRGANOS

Meses de lucha inútil contra un mal sin diagnóstico cierto. Entráis en la sala de autopsias, expectantes, sin dejaros vencer por la derrota, acostumbrados a la humillación de perder la batalla con la muerte. En el sótano de anatomía patológica, se ofician ahora las certezas. Los órganos abiertos muestran daños que ofrecerán su última respuesta al microscopio. Inclináis la cabeza para mirar y escuchar. Da comienzo la ceremonia de la paciencia y la ignorancia. También de las preguntas y del aprendizaje. Sientes alrededor todos los precursores; sacerdotes egipcios, Da Vinci, Benivieni, Vesalio, Morgañi, Bichat y tantos sin identificar, algunos chamuscados por herejes. A tu lado, cerca de los pulmones, Al-Nafis, Servet y Laënnec en persona. Apenas se cabe en este espacio, donde todos y cada uno son imprescindibles. Donde, con suerte, lograréis añadir unas migajas de verdad.

49

PARADA

Carreras en los pasillos. Te llaman. Dejas lo que estabas haciendo y sales. En la 201 acaba de pararse un enfermo. Das las primeras órdenes, y empiezas la resucitación. Al otro lado de la cama, el más insoportable de tus compañeros se une a la maniobra. Sin decir una palabra os acopláis. Cuidas de la respiración, él mantiene la sangre circulando. Subes la intensidad. Sigue en el ritmo, os encajáis para llegar a la respuesta, sudas en el empeño. Venga, y venga y venga y venga.

Con un gemido se recobra la vida. Te estremeces de gozo. Vuelve la consciencia en el paciente.

Y tú, ¿has querido, por un momento besar al hombre más odioso de todo el hospital?

50
MAESTRÍA

Aula magna. En la primera fila, batas planchadas con el nombre bordado en los bolsillos; los sabios, los maestros. El caso que se discute es complicado. Escuchas. Aprendes desde las últimas filas. Te horroriza el desenlace fatal en un enfermo joven. Vuelves a centrar la atención en la complejidad de llegar a un diagnóstico. La dolorosa evolución te encoge en el asiento. No te distraigas, toma notas y piensa, deduce, para eso estás aquí. Miras la proyección, la belleza de las preparaciones al microscopio óptico. Tejidos y colores, células y estructuras. Imágenes hermosas, sugerentes como cuadros abstractos. Dejas de pensar en lesiones y en malignidades. Oyes la discusión como de lejos. Se preguntan, se imponen, ironizan, se afirman y posicionan los veteranos, desplegando su vanidad.

No serás nunca como ellos, te dices; vacilas, dudas, sientes, te emocionas. Y sin embargo has acertado con la solución. Has resuelto el problema diagnóstico.

51
HEMORRAGIA

Todo es rojo. Corre la sangre por donde no debiera en el paciente, la cama está empapada, calculas lo que se ha perdido. No necesitas pensar. Tienes que mantener la vida. Hay que parar el flujo. Ir a la causa. Cerrar la fuente donde quiera que esté. Das órdenes. Te ayudan. Lo conseguís.

Llegas a casa en un estado lamentable. Llevas bastantes días de retraso este mes, te roe la preocupación. Te abandonas sobre las sábanas frescas. Vuelves otra vez sobre ello, piensas y vuelves a pensar en lo que no podrías mantener. Y ocurre que algo cede, algo se abre y sientes que se derrama entre tus muslos. Miras brotar el flujo. La hemorragia que no quieres parar. O sí.

52
PACIENCIA

El bacilo de Koch y la Montaña Mágica. Tantas conversaciones y tantas recaídas para un final adverso casi siempre. La fiebre, la debilidad. Buena alimentación, reposo en las alturas, años de discusión ineficaz sobre remedios y predisposiciones.

Sostienes amorosamente las pastillas que, ahora, curan la tuberculosis. Tan fácil, tan seguro, apenas unos meses. Frente a ti, el enfermo recién diagnosticado se queja de lo largo que será el tratamiento.

53
ESPANTO

Ni un milagro hace que los pacientes se vean en los tiempos que tienen asignados. Y menos si se complican. Hierve la sala de espera en quejas porque te demoras. Lo escuchas estresada. Aun así, saltas la cola a una viejecilla que podría necesitar ingreso, que mandarás a urgencias. Sube el tono de la rebelión, vibra la puerta de entrada. Coges la metralleta. De una ráfaga, liquidas a los impacientes. Al menos con la imaginación.

Sigues auscultando a la mujer. Sopla la neumonía en un pulmón. El roce de la pleura, asiente.

54
MUERTE

Vuelves a casa después del después de la guardia. Tu ínfimo cubil de barrio extremo. El fregadero lleno de platos sucios, no funciona el desagüe. Es difícil respirar en el aire estancado, pero no tienes fuerza para ventilar. Te tiendes inmóvil en la cama, los ojos bien abiertos. Tensos los párpados, dejas de ver.

Recuerdas las fases de la putrefacción. Deshacerse y perder la conciencia.

Si al menos consiguieses dormir.

55
RIÑÓN

Las ratas del desierto nunca mean. Te viene a la cabeza la maravilla de sus riñones. Asas y tubos colectores filtrando y reabsorbiendo y reabsorbiendo, hasta que ya no queda nada que expulsar.

Tú eres una rata de consulta, filtras y reabsorbes síntomas y signos. Pero aún no logras dejar de producir tu propia orina. No estaría mal; ni tiempo tienes para ir al baño en toda la mañana.

56
PLEGARIA

Antón Chéjov que sigues en la tierra
Glorificados sean tus divinos escritos
Venga a mí una leve sombra de tu talento
A la hora de escribir.
No me dejes caer en la tentación de abandonar
Y líbrame del mal de pensar solo en Medicina.
Amén.

57
CARTA A JULIO

Al amanecer vomitas un topo. Muy, muy pequeño, un topo recién nacido. Notas un cosquilleo en la garganta, llevas la mano a la boca, y allí está; peludo, las manos desproporcionadas, el diminuto hocico. Feo, torpe; ciego bajo la frente huidiza. Extraño e íntimo a la vez. Horroriza y enternece su deformidad. Quieres deshacerte de él, pero late con una chispa de vida y remuerde haberlo pensado siquiera.

Te acabas de mudar, sola, a un piso minúsculo, un cuarto apenas, en un barrio donde termina la ciudad. Entre el rincón de la cocina y el sofá cama diminuto, respira libre tu desorden esta mañana, que parecía una más, hasta que ocurre esto. Intentas una explicación. Quizá el cambio de domicilio, tu independencia, haya roto alguna ley natural. Desvarías, sin saber qué hacer, con aquello en la mano.

Lo dejas sobre la mesa, entre los libros, la pluma con la que aún escribes, tazas semivacías. Es tan pequeño que no sabe desplazarse, se queda quieto, respirando apenas. Ves con horror lo tarde que se hace para ir a tu trabajo en el hospital. Agarras la caja de galletas, la vacías también sobre la mesa y lo metes dentro. Cierras con una goma, no vaya a salir y se dedique a roer todo lo que encuentre, y sales rápido, cargada con una nueva angustia.

La jornada es agotadora. Pase de visita, burocracia, sesiones clínicas, pacientes que empeoran cuando ya es el momento de ir a casa y que es preciso atender con la minuciosidad que te han enseñado. Los exploras, deduces, ajustas tratamientos, mientras el tiempo corre y sigues ahí, sin salir, sin comer, sin acabar. Lo de siempre.

El hambre y el cansancio te ayudan a olvidar el otro asunto. Aunque de vez en cuando vuelve la extrañeza, el horror por la vergonzosa anomalía, como si fueras responsable de haber roto la seguridad, la lógica con la que te defiendes de patrañas, miedos y absurdos. No entiendes cómo ha podido pasar. El topo. Su latido, el hocico, esas torpes manos. Qué pesadilla. Y qué hacer ahora. Se ha empañado la alegría de volver a tu madriguera por fin independiente, y ya es media tarde cuando llegas a casa.

Subes temblando los tres pisos sin ascensor. Paras. Te da miedo abrir esa puerta que es la tuya. Miras el marco desgastado, sin gracia. No quieres enfrentar hechos que imaginas desagradables; la caja reventada, el animal crecido, enorme, devorando quién sabe qué cosa, o diminuto como un insecto, escondido en lo más oscuro de alguna grieta, dispuesto para invadir sin ser notado. Respiras varias veces. No puede ser tan malo. Recuperas la cordura y abres con fingido aplomo.

El piso está en silencio. Buscas la caja de galletas. Sí, allí está, sobre la mesa, donde se quedó. Entre el desbarajuste de siempre, del que no te vas a ocupar ahora. No ha pasado nada horrible. Tomas la caja entre tus manos. No pesa, la goma está en su sitio, no se oyen ruidos, nada se mueve. Parece que estuviese vacía. ¿Qué hacer en ese caso? ¿ahora también desaparece lo real? ¿era real o lo imaginaste todo? Dudas. Abres. En la caja no está el animal, sino algo que parece un cartón alargado, tiras de ello. Es un marcapáginas. Pero un marcapáginas con la imagen del topo. El vivo retrato del animal gris y feúcho que vomitaste por la mañana. Ahí está, mirándote sin vida con sus ojillos diminutos, qué espanto, tiras del primer libro a mano y lo entierras entre sus páginas. Lees de refilón «...Nos gustaba la casa, porque aparte de espaciosa y antigua[1]...». Cierras como si te fuesen a morder, como si las páginas pudieran quejarse del extraño, de la invasión. Con suerte olvidas dónde lo metiste. No sabes por qué no lo has tirado a la basura, no te has deshecho de él. Quizá porque lo sientes tuyo, que tontería, tienes que dormir más, ser más ordenada con tu tiempo y tus cosas, se te va la olla, el sermón de siempre. Y de qué casa hablaba el texto, en cualquier caso, muy distinta de la tuya. Recorres inquieta el reducido espacio, abres la nevera: una cebolla medio brotada, un yogur caducado, el cartón de leche y un huevo. Cueces unos espaguetis y los mezclas con huevo y cebolla frita. Devoras la pasta. Tendrías que salir a comprar algo, pero te derrumbas en el sofá y duermes a destiempo, como tantas veces. Poco antes de caer en la inconsciencia, intentas buscar explicaciones, ordenar el mundo, como si estuviese en tu mano.

En los días siguientes todo es normal. Madrugones, algo de limpieza, lavadoras y sobre todo trabajo. Más trabajo que estudio. En la nueva planta donde ahora estás, revisar historias y ver pacientes te deja exhausta. Estudias, pero no tanto como necesitas, te lo reprochas y la sensación de que siempre será así, te agota.

Dos semanas después ocurre de nuevo. La sensación en la garganta, y el topo. Sucede a la misma hora. Te paralizas un segundo, pero es imposible volver a llegar tarde; los enfermos ingresados están a tu cargo. Con manos temblorosas por la angustia, sin mirarle, vacías otra vez la caja de galletas y lo metes aprisionado por la goma. Alcanzas la puerta de un salto e intentas no escuchar el roce de uñas, las idas y vueltas buscando una salida. Quizá lo imaginas, te dices. Aunque sabes que no, porque entre los dedos te queda un resto de tibieza, pelillos que sacudes contra la ropa camino del hospital.

Qué alivio las conversaciones cotidianas sobre medicina, las bromas, auscultar a los pacientes, preguntar, pulir historias clínicas, tomar café en la máquina del pasillo. El desabrido líquido, caliente y oscuro, hoy te reconforta, nunca lo hubieses imaginado. La bata normaliza y tú no tienes nada de especial, estás a salvo. Eres una más de los que aprenden el oficio, el arte, la ciencia, lo que quiera que sea. Te apuntas a un seminario, aceptas preparar una sesión, quedas para estudiar con otros y revisar un tema. Prolongas la jornada.

A la vuelta, ya en el portal de casa, vuelven el temor y la vergüenza. Subes muy despacio la escalera, abres con precaución. Todo parece, también hoy, como lo dejaste. Eludes mirar la caja. Pones música, barres un poco, bajas a la compra, estudias cuatro cosas, cocinas algo rápido. Si la realidad se salta las reglas, tú puedes negarla si no cuadra. No vas a mirar.

Según llega la noche la tentación es demasiado fuerte y no dejas de pensar. Vas y vienes intentando no hacerlo, te acercas, escuchas lo que parece un roce, algo que se desliza. ¿Podrías olvidar de una vez, dejar que ocurra cualquier cosa sin intervenir? Lo intentas y lo intentas, pero al final tomas la caja entre tus manos. Y justo entonces, el movimiento se detiene. Esperas con miedo. Quizá es una trampa, y te salte a los ojos esa pizca de vida o te arañe o quién sabe qué. Paras un buen rato sin hacer nada, es tan ligero, tan inocente ahora el envase. Lees la marca y composición de las galletas una y otra vez; ingredientes ingenuos; hasta las grasas saturadas te parecen amables. Finalmente abres y miras. Allí solo queda, de nuevo, un marcapáginas, esta vez con el color pajizo que trajo el ejemplar de la mañana, pero es inconfundible la figura: un topo. Lo escondes rápido en otro libro cualquiera. No miras el título, pero no puedes evitar leer «...Una casa grandísima, y en el peor de los casos había que no entrar en una habitación; nunca más de una, de modo que no importaba[2]...»; las palabras se revuelven en tu cabeza, cierras a toda prisa las páginas, colocas el libro de cualquier forma, quieres pensar que no tiene importancia, que todo está controlado. Pero temes que volverá a pasar.

Casi lo olvidas. Tarda dos meses. Esta vez ocurre justo al llegar a tu portal, saliente de una guardia; el cosquilleo, la criatura. En la escalera, un piso más arriba, escuchas que se abre una puerta. Tienes el tiempo justo de esconderlo en el bolsillo del abrigo antes de que el vecino salga. Saludas. Entras rápido y lo sacas para que no se ahogue. Es tan feo como los demás, apenas diferente en su color morado-topo, si existe ese color. Morado grisáceo y desvaído, te provoca sentimientos inciertos. Ya no es susto, es la fatalidad de una rutina absurda. Tomas la caja vacía de galletas, que no tiraste al empezar la nueva, y lo metes, la dejas entre los libros de la única estantería de tu casa, donde no hay lugar para tacitas ni adornos. Luego te das un baño largo y pasas el resto del día adormilada de cansancio, intentando estudiar. No miras hacia ese lado. Duermes con la esperanza de que al día siguiente se trasforme. Pero no.

Antes de volver al trabajo abres ligeramente la tapa. En un rincón respira eso que roe algo, quizá migas, residuos, o sus propias manazas. Cierras y sales disparada hacia el metro, y el hospital, y la nueva jornada; menos mal el trabajo.

Pero el día está chungo, y en la última hora, camino de la sesión clínica, notas la sensación. Vas enseguida al váter, ya sabes de qué trata el cosquilleo. Sale muy fácil, lo escondes en el bolsillo de la bata, colocas un pañuelo de papel encima y pones tu mano para impedir que se mueva, tiemblas de angustia, apuras para entrar en la sala de reuniones; se tolera muy mal llegar tarde. En la última fila, sin prestar atención a los casos que se plantean, a la discusión, piensas en lo patético de tu propio caso. Igual podrías deshacerte del problema cerrando el puño; asfixia rápida e indolora. Notas el leve soplo, la pequeña vida y no lo haces. Acaba la jornada. Lo pasas al bolso sin que nadie lo note. Aguantas hasta llegar a casa, sintiendo que remueve tus cosas. Esperas que no le dé por roer la cartera.

Llegas. No hay tiempo para dudas, abres la caja donde dejaste al otro y respiras. Se ha vuelto a producir el milagro. El topillo morado desvaído es ya solo una imagen en el cartón de un nuevo marcapáginas. Metes el ejemplar reciente que mira con descaro, o eso te parece. Machacas un trozo de galleta porque lo ves inquieto, cierras de nuevo con la goma. Pones el marcapáginas en otro libro, intentas no leer, pero en vano «...Empezará a pesar espantosamente entre sus dedos, una cosa muerta que habrá que rechazar sin mirarla[3]...». Qué más puedes hacer. Querrías acomodarte en esta situación tan anormal. Analizas. Está claro que algo se acelera, los tiempos, la supervivencia, lo persistente del fenómeno. Todo el proceso. No cabe esconder la cabeza. Ya hay datos. La cosa va a peor. No sabes cómo continuar.

En los días siguientes se confirma. Ocurre de continuo. Antes de ir al trabajo y después. También en el hospital. Echas mano de un bolso grande, menos mal que ahora son moda. Llevas dentro unas cajas pequeñas, aunque suficientes, la mínima jaula de transporte hasta la casa. Aduces malestares femeninos parar ir al baño una y otra vez, en cualquier momento. Te miran raro, eso no se da nunca entre tus colegas, acostumbrados a posponer sus necesidades.

En tu piso es peor. Has llevado más cajas. Los vivos se acumulan a la espera de la transformación, que cada vez se demora más tiempo. Cuatro, seis, ocho sobreviven a la vez separados en sus pequeñas celdas. Jurarías que se comunican entre ellos. Sospechas un morse de rascados contra las paredes. Igual se burlan. Te agotan. Duran más, son más inquietos, más vitales. Los libros rebosan marcapáginas. Los miras, recolocas algunos, no te atreves a tirar esos cartones donde siguen mirando, ya sin vida, sus caras feúchas. Cedes a la tentación de leer lo que señalan: «...Se daba cuenta de que las razones importantes continuaban faltando[4]...»,«...y se sentía que todo estaba decidido desde siempre[5]...», «...lo único que queda es sonreír, refugiarse en la inteligencia[6]...». Cierras a toda prisa y te separas de la estantería como si así pudieses olvidar unas palabras que parecen dirigidas a ti; otra incongruencia del azar. Te prohíbes esa línea de pensamiento. Tienes que recuperar la cordura. Volver a este lado donde las cosas tienen realidad y congruencia.

Pero lo real es que siguen llegando nuevos y el número de los que se rebullen crece. Has traído más cajas, esperas con paciencia la trasformación, pero llegan a estar diez vivos al mismo tiempo. No puedes lidiar con algo así, continuar fingiendo que nada ocurre, volviendo cada día al trabajo. Te rindes.

Llamas al hospital. Finges estar con gripe. Toses en el teléfono. Al otro lado aceptan tu baja, sin creerte del todo. Mientras buscas una estrategia, escuchas cómo se deslizan; más ruidosos, más rápidos. Te desaprueban, seguro. Frenas los pensamientos delirantes, tienes que asirte a lo concreto. Es cuestión de paciencia, de esperar, de colocarlos en su sitio una vez que se trasformen en su realidad última; meras señales entre páginas. Quedarte en casa unos días quizá frene el proceso. Necesitas una tregua. No puedes más con esta doble vida.

Se estabiliza en los días siguientes. Ordenas un poco, incluso estudias medicina. Qué sosiego en memorizar diagnósticos diferenciales, detalles de la radiología en esta u otra alteración. Las causas y sus nombres. Nada ocurre al azar en la ciencia; lo que aún no tiene explicación se investiga con método para encontrar respuestas objetivas. Vuelves a tener claro por qué buscas lo racional, ese conocimiento. Aunque sigues oyendo el rebullir de patas y de hocicos, piensas que acabará por apagarse si todo evoluciona como siempre.

Lo anómalo quizá se pueda detener si centras tu atención en lo real.

Pero estás intranquila. Das vueltas por el piso, haces la cama meticulosamente, preparas té y lo bebes junto a la cocina, lo más lejos posible de la biblioteca donde enterraste todo eso. Miras por la ventana, vuelves a estudiar un poco. Llega el atardecer y merodeas cerca de los libros una y otra vez. Te tienta buscar los cartoncitos, asegurarte de que no respiran, el juego de mirar las señales. Te obsesionas, cedes, te hundes en las páginas marcadas: «...Ha creído siempre que los mensajes que verdaderamente cuentan están más acá de toda palabra[7]...». «...En estos casos nadie entiende gran cosa, querida, y además no se gana nada con entender[7]...». Son mensajes, te dices.

Qué bobada, rechazas, pero sigues en tu obsesión y lees: «…porque no puede ser que estemos tan cerca, tan del otro lado de la puerta[8]…». Qué puerta, un sinsentido, sin embargo, congruente con la locura que piensas mantener a raya. Piensas, pero tu mano busca, y tus ojos beben los párrafos, ansiosa por encontrar una respuesta, algo para empastar los dos lados entre los que naufragas: «…Había ahí como un hueco, un vacío que no alcanzaba a rellenar[9]…». Mientras lees aumenta la agitación dentro de las cajas, pero no quieres escuchar y sigues buscando un indicio que te avise de lo que viene a continuación: «…Un horror de patas buscando salir, un aire viciado y venenoso[10]…». «…Están amontonados ahí abajo como animales[11]…». «…Se mezcla ya un rumor de multitud en movimiento, la carrera precipitada de los que buscan adelantarse a la salida[12]…». El ruido en las cajas es ensordecedor. Se comunican, se reconocen parte de un todo, crecidos, fuertes para dar el paso e invadir la casa, tomar el espacio que una vez fue tuyo, ordenado y cuerdo. Aún no. Aún eres la más fuerte, te dices, alejándote de las estanterías. Tu movimiento hace caer algo; un sobre, una nota escrita en un papel ligero. Lo miras pero no lo recoges, no podrías leer nada más. Tienes que poner orden, deshacerte de esas criaturas. Dejaron de aparecer y no son tantos y tiene que haber una manera.

Entonces notas con horror el cosquilleo, pones la mano y ahí está. De nuevo un topillo, verdoso y gris, feísimo, palpita con sus ganas de vivir. Te derrumbas. Ya no hay nada que hacer. Ni siquiera buscas una caja, lo abandonas en cualquier sitio, sobre los papeles, qué más da, todo se ha perdido, nunca volverás a ser la misma, sollozas sin comprender y te lanzas con furia contra tanta señal inútil, sacas esos cartones de entre las páginas, intentas no leer lo que muestran, pero no puedes dejar de hacerlo «…Nunca se sabrá cómo hay que contar esto, si en primera persona o en segunda, usando la tercera del plural o inventando continuamente formas que no servirían de nada[13]…» No vas a contar nunca esto. A nadie. Sería tanto como pedir que te ingresaran los psiquiatras. ¿Por qué lo piensas? ¿por qué te sientes aludida? ¿Por qué sigues leyendo? «…Uno de nosotros tiene que escribir si es que esto va a ser contado[14]…». Escribir, pero cómo, y para quién. Cómo decirle a nadie que vomitas topos. Desde las cajas, el ruido crece; un rascar y romper y rasgar, algunos deben de haber salido de su frágil prisión, escuchas pasos y no quieres mirar. Te aferras al orden que empezaste, sería bueno quemar los cartones ahora amontonados.

Pero no eres capaz y te derrumbas en el suelo sollozando otra vez.

Pasa la tarde y sigues, en la oscuridad de esa noche que empieza, acurrucada en el suelo. Llorar agota, pero tranquiliza. A tu lado, un papel. Por hacer algo, lo desdoblas. Es una carta que alguien dirige a una tal Andreé. Entre sus líneas otro mensaje: «...Del diez al once hay como un hueco insuperable, porque de-cir once es seguramente doce[15]...». ¿Enloqueces? ¿Quién ha podido adivinar lo que te pasa? Hay once criaturas en este espacio donde soñaste coherencia, serenidad para enfrentar lo duro del oficio con el que vas a ganarte la vida. Once con la seguridad de que serán doce, trece y quién sabe cuántas más. Y el que escribe, lo sabe, tiene tu misma pesadilla. Bebes letras intentando encontrar una clave. Son conejitos blancos y hermosos los que salen de la garganta del autor de la misiva, no se parecen en nada a los topos desmañados y ciegos que ahora traes al mundo. Pero el horror de no poder parar, de no saber qué hacer con la rareza que os separa del resto de la gente, ese deseo de matarlos, que ninguno de los dos ejecuta, os hermana. No hay otra semejanza, entre tus seres feos, que acababan en cartones y la pelusa blanca de los tiernos conejitos que comen trébol y duermen en armarios. No puede compararse su belleza a esta condena de fealdad rampante, desorden y carreras en el apartamento entero, ya tomado. Aunque, al otro lado del papel, encuentras una desolación que reconoces «...De pronto estoy yo solo, solo con el armario condenado, solo con mi deber y mi tristeza[16]...», «...Entonces está el amanecer y una fría soledad en la que caben la alegría, los recuerdos, usted y acaso tantos más...[17]». Tendrías que poder comunicarte con quien firma esta carta, porque habla para ti, comprende, y es tu única esperanza de cordura, de entender, de seguir. «...Todo parece tan natural como siempre que no se sabe la verdad[18]...». La verdad, un secreto vergonzante compartido. Apuras las líneas mecanografiadas por una máquina antigua, sobre un papel amarillento como tu esperanza. Y en el final de la misiva, todo parece derrumbarse en un acto criminal y suicida. Un balcón al amanecer, en la calle Suipacha, los cuerpos de los conejitos sobre el asfalto distrayendo de «...el cuerpo que conviene llevarse pronto antes de que pasen los primeros colegiales[19]...».

No puede ser. Contienes la respiración. Te niegas a que termine así. ¿De verdad es la única salida, o es un truco para conmover? Razonas: esa carta fue escrita antes de que pasara lo que se dice que ocurrió. No confirma la muerte. Es una forma de borrarse. Eso lo entiendes. El autor se ha esfumado de la calle Suipacha, donde tiene lugar lo que cuenta. Se termina el relato, pero no acaba nada. Quien escribió la carta puede seguir en otra historia.

Tomas papel y pluma y empiezas una carta para quién escribió esa carta. No te planteas cómo podrá llegarle. Julio, encabezas. Querido, querido Julio. Le dices todo lo que te pasa, pides una respuesta, un camino a seguir. No te importa borrarte y desaparecer, pero querrías un sentido, una forma de terminar que no sea la muerte, una manera de seguir viviendo. Detallas lo que ocurre, hablas de cada uno de los topos y su manera de venir al mundo, tu congoja en el hospital, el desorden en que se ha convertido tu vida, los marcapáginas, los textos como mensajes que no llegas a descifrar. Escribes toda la noche con la necesidad de que te escuche y te oriente. Es difícil hacer llegar tanta pregunta, los ruegos y la necesidad de recibir ayuda en tu ignorancia. Llegar ¿adónde? ¿Cómo? ¿Qué locura es esta de pensar que vas a recibir contestación? Y sin embargo lo crees firmemente porque sigues escribiendo y estás segura de que ese Julio que vomitó conejitos sabrá decirte lo que te hace falta saber, lo que puede ayudarte.

Muy tarde ya, con tu escritura, borras la línea que separa dos lados que quizá sean uno solo. De madrugada, casi al amanecer, doblas la misiva para introducirla, como si fuese en un buzón, en el mismo lugar donde estuvo esa carta dirigida a la chica de París, y de algún modo a ti misma.

Ebria de cansancio tomas el libro para dejar tu mensaje, mientras lanzas un último ruego; preguntas en voz baja qué puede, qué podría ayudarte a seguir, rendida ya a lo que tenga que ser. La contestación llega desde las páginas abiertas: «…El fervor de tanta cosa incomprendida pero iluminada por un amor total, por la disponibilidad parecida al viento y a las calles[20]...».

Bibliografía/Notas

Casa tomada. Los relatos 3, Pasajes. Julio Cortázar. Alianza Editorial 1985. Madrid. (1) Página 7.

Bestiario. Los relatos 1. Ritos. Julio Cortázar. Alianza Editorial 1985. Madrid. (2) Páginas 104-105. (4) Página 111. (10) Página. 108.

Todos los fuegos el fuego. Los relatos 2. Juegos. Julio Cortázar. Alianza Editorial 1985. Madrid. (3) Página138. (6) Página 142. (7) Página 139. (11) Página 144. (12) Página 143.

Continuidad de los parques. Los relatos 2. Juegos. Julio Cortázar. Alianza Editorial 1985. Madrid. (5) Página 8.

El perseguidor. Los relatos 3. Pasajes. Julio Cortázar. Alianza Editorial 1985. Madrid. (8) Página 270.

La noche boca arriba. Los relatos 1. Ritos. Julio Cortázar. Alianza Editorial 1985. Madrid. (9) Página 218.

Las babas del diablo. Los relatos 3. Pasajes. Julio Cortázar. AlianzabEditorial 1985. Madrid. (13) Página 205. (14) Página 205. (20) Página 210.

Carta a una señorita en París. Los relatos 1. Ritos. Julio Cortázar Alianza Editorial 1985. Madrid. (15) Página 285. (16) Página 282. (17) Página 285 (18) Página 278. (19) Página 285.

58
DESBATE

Un pasillo interminable en algún hospital. Caminas. Te queda bien esa bata ajustada levemente en la cintura, tu nombre bordado en azul sobre el bolsillo, arriba, a la derecha. No se han impuesto las tarjetas de identificación. *Clik, clak, clik clak.* Eso que suena ¿son los zuecos, o llevas tacones? Adelantas las piernas, notas como desplazan el aire cuando avanzas. Te depilaste ayer, ¿o no? ¿Has decidido no arrancar nunca más nada tuyo?, ¿mostrar tal cual es la piel, no por ello menos femenina? De algún modo, uno tras otro, se deslizan, estallan más bien los botones de tu ropa, se abre en canal el uniforme. No duele, al contrario. El aire refresca tus vísceras, dejas que oscilen en libertad con tus pasos. El útero relajado sube y baja con la respiración, parece que hablase. Los ovarios juguetean henchidos, guiñan un ojo por cada óvulo. He venido a quedarme, dice tu cuerpo. Me haré cargo de todo, aseguras.

Al fondo del corredor se desvanece una figura de mando.

59
MANOS

Manos de mujer. Ni grandes ni pequeñas, no muy bonitas. Sin hoyuelos, ni dedos afilados, ni piel suave. Básicas como un atlas de anatomía; falanges, venas, tendones. Uñas que no pintas, para que respiren mejor. Recta línea de la cabeza, tortuosa la del corazón, mullida la palma. Con ellas friegas y barres, desatascas el lavabo, quitas el polvo (pocas veces), sostienes libros, exploras el abdomen, te pones el fonendo, coses el bajo de los pantalones y las heridas, recorres la piel y los huecos secretos en el amor, cocinas.

Pero lo más tuyo, lo que en ellas delata la cofradía a la que perteneces, es el callo de escribir que te marca el dedo corazón.

60
TU LUGAR

Trinchas el pollo como quien disecciona. Coses la piel de manera distinta, porque sabes bordar. Escuchas como tu abuela, y de la misma forma disfrutas las historias ajenas, aunque ahora sean clínicas. Miras despacio, tocas, llegas tarde. Como los despistados, retienes detalles que no importan. Te ríes a destiempo y lloras cuando sales del trabajo algunos días. Disfrutas casi siempre. Prefieres que la gente se cure a dar con el caso especial. No acabas de saber si encajas. Solo estás empezando, te consuelas.

61
MAESTROS

Envidias sus conocimientos y destrezas. Don José, pajarita, ochenta años, capaz de dibujar una radiografía auscultando al paciente. M, V, P, LE, clínicos con superpoderes para diagnosticar y tomar decisiones.

Te aplicas a las rutinas, ya que no eres más que una aspirante. Extraer los síntomas de toda la maraña que te cuenta el enfermo. Los signos en la exploración. Agrupas por problemas como te han enseñado, síndromes y diagnósticos diferenciales, diagramas y algoritmos. Probabilidades y rendimiento de las pruebas, conclusiones inciertas; unas menos que otras. Quizá algún día sea distinto; parte de ti como hablar o andar o conducir. Te sientes la torpe de la historia, Watson frente a los Sherlock Holmes que ven las pistas claras y sacan conclusiones certeras de quién es el culpable. Por algo Conan Doyle era médico. Confórmate con seguir aprendiendo. Ahora es el tiempo de estudiar.

62
RECAÍDA

Ahí está, en el asiento que tienes delante. El hospital no es el lugar más oportuno, pero pasas aquí la mayoría del tiempo. La penumbra del aula de sesiones relaja tus defensas. Luz mínima, fogonazos de imágenes en la pantalla. Blanco y negro en las letras, negro con poco blanco de las radiografías y el escáner. El PET y su brillo rojizo. Morado y rosa de los tejidos tiñen esa nuca, esa nuca, esa nuca, donde se mezcla la firmeza del cuello con la dulce curva de las vértebras bajo la piel lisa, pero resistente. Ahí terminan los rizos, donde imaginas que. Y no. NO. No. Mas vale que atiendas al caso clínico que se está presentando. Aunque te encoja en el asiento su final, todo el proceso es muy interesante. La exposición es buena, el diagnóstico certero. Se manejó con las mejores estrategias. Lástima que no sobreviviera. Eso es lo que te agota, tanto esfuerzo y al final nada. Cierras los ojos. Estas sesiones vespertinas. Ahora sientes que te miran. Esos ojos. El ámbar de esos ojos, la boca a punto de decir. Un mechón por la frente sin llegar a tapar esos ojos, esos ojos. Sus manos. Te electrizas, no quieres imaginar nada con sus manos, pero sí. Ya estamos otra vez, inmunomediadores, diencéfalo, todo desbaratado. Las regiones innobles, viscerales, parasimpáticas, húmedas y abiertas. Imposible atender a más explicaciones. No lo superas ni con los doce pasos. Cuánto dolor estúpido, intentas recordar, mientras desde lo más profundo te gana un placer expectante. Ya es seguro que vas a reincidir. Te estás enamorando.

63
GLORIA EN LAS FLORES

Primavera tardía, salís del hospital, os echáis en el césped. Verde nuevo mezclado con las risas. Son más que tu familia; la tribu, el clan, *coerres*, amigos desde la carrera. Apuráis el brebaje de máquina, al que llaman café, pensando como llenar la tarde. Alguien propone algo, alguien discute. Te sientes tan feliz que ni siquiera escuchas. Gozas del aligustre, su olor mezclado con los cuerpos. Nadie sabe qué será de vosotros. Imagináis una vida perfecta. Algunos ganarán dinero, algunos dejarán la asistencia para dedicarse a la gestión o a la política. Escucharéis historias, tomaréis decisiones. Iréis a guerras bajo el estandarte de la cooperación, heredaréis consultas. Cambiaréis de hospital. Atenderéis a viejos, niños, adolescentes, mujeres asustadas por embarazos no queridos y temerosas de no quedar embarazadas. Os llegarán plegarias y maldiciones ante lo inevitable. Pararéis un momento a respirar antes de introducir sondas, catéteres o endoscopios, que pueden traer remedios o complicaciones. Antes de abrir un cuerpo que quizá esconda algo inesperado. Seguiréis estudiando sin dar abasto nunca. Enseñaréis a otros. Como a Prometeo, el mismo peso que subisteis ayer, os buscará cada mañana. Estaréis satisfechos y desesperados, aburridos a veces. Tendréis familias y divorcios, y amantes y niños como los demás y más cansancio que la mayoría. Bajo lámparas de quirófano envejecerán unos, otros desgastando la silla, o los pasillos de los hospitales y sus habitaciones. La mayoría contará con cinco cifras sus pacientes al final de la vida laboral. Enfermaréis. Alguno morirá antes de tiempo. Un día, en un momento juzgaréis si mereció la pena. Algún día, ahora no. Ahora estáis empezando. En la mañana espléndida, la hierba es tierna aún, como vosotros.

AGRADECIMIENTOS

Este libro no se hubiese escrito sin mis padres y todos aquellos que me leyeron las primeras palabras o, como mi abuela Paula, me las ofrecieron en narración oral.

Tampoco sin la biblioteca familiar donde retozó mi adolescencia, o sin las lágrimas de don Mariano cuando recitaba poemas en clase de literatura y sin el anónimo librero que me prescribió lecturas en el barrio de la Concepción para males y gozos de la juventud.

A Luz Fernández le debe la escucha de lo que no se dice, y a Clara Obligado el kóan que me permitió comprender que los textos son tan reales como la carne, y me abrió las puertas a un mundo donde encontré a mi familia literaria.

No menos importantes han sido quienes leyeron el manuscrito antes de su publicación: Lola López Mondéjar, maestra, cuya opinión valoro en extremo y Ginés Cutillas, admirado referente del microrrelato. Carmen Peire, cómplice siempre en aventuras literarias y en el hermoso proyecto de AMEIS, Carmen Vega, Carola Aikin y Lucía Hernández Canut me animaron a seguir y me regalaron observaciones inteligentes que lo mejoraron.

En otro orden de cosas y palabras, han contribuido también mis maestros en la medicina y el nuevo idioma que aprendí de ellos, y por supuesto mis compañeros de clase, de residencia y de trabajo en los hospitales donde he practicado ampliamente esta lengua. Entre ellos Cruz Ortiz por quién supe que una célula puede también enamorarnos. Mi agradecimiento también a tantos pacientes que me contaron historias a lo largo de los años de ejercicio clínico y a los colegas de nueva generación: Isabel del Cañizo Lázaro y Alba Bartolomé Mateos que compartieron emociones conmigo, y Carlota Moreno de Alborán, cuya lectura apasionada y comprensión del texto me animaron a seguir.

Mis hermanos Victoria y Alejandro Cienfuegos aportaron correcciones y sugerencias al formato y estuvieron, como siempre, a mi lado durante el proceso de escritura, lo que resulta impagable, como todas las deudas de cariño.

También tienen mi gratitud la librería Áurea, Julio, y en especial Charo Ortega quien, con todo el entusiasmo de los buenos libreros, me sugirió enviarlo a la editorial donde encontró su lugar.

Por supuesto tengo un enorme agradecimiento a Alicia de la Fuente, editora de Espinas, que recibió amorosamente el manuscrito y no ha dejado de cuidarlo hasta convertirlo en este libro que tienes en las manos, querida lectora, querido lector, a quien también agradezco que te acerques a estas páginas.